JN281728

黒い果実

波田野 聖子

文芸社

CONTENTS

HOW A STAR IS A BORN — 6

REASON — 7

AWAKEN — 8

play — 9

乞う — 10

Pause — 12

Teenage Act — 13

Let Way Slip — 14

Knot — 15

IN THE SHADE — 16

DIVERT — 17

PUNISHMENT — 20

男と女 — 21

桔梗 — 22

Flay — 24

春待人 — 25

Wish — 26

8月の孤児 — 27

Dream-hopping	28
告別	29
子供部屋	30
SLEEPER	31
捻れた17	32
HEAVEN	33
TAPESTRY	34
旅路	35
Lives Are Lost	36
DisCover	38
GOOD-BYE	40
ALL IS NOT LOST	42
走る	44
ROUND	46
SunStroke	48
Salvation by Faith	50
full moon	52
吾亦紅	53
熱	54
healer	55

消えて	56
生活	58
GOD	59
百日草	60
HEREAFTER	62
白河夜船	63
GET OVER	64
Last Moment	66
Little Rebirth	68
水槽	69
RED	70
I HATE SUMMER	71
むらさき	72
裸	74
Birthday Cake	75
Never Knows	76
うさぎ	77
パラダイス	78
腐敗	79
WISH UPON A STAR	80

HOW A STAR IS A BORN

おそらの　おそらの　お星さま
おしえてください
あなたの　あなたの　おともだち
わたしの　わたしの　たいせつな
そこにいますか？
きこえますか？
お日さまも　お月さまも
きいてください
わたしの　お願い

雲さんが雨をふらしてくれたなら
きっとながれてわからなくなるけど
こんなわたしをいまはどうか
明るくてらさないで

おそらの　おそらの　お星さま
おしえてください
あなたの　あなたの　おともだち
わたしの　わたしの　たいせつな
そこにいますか？
きこえますか？
お日さまも　お月さまも
きいてください
わたしの　お願い

暗くてもみえなくならないように
ぜんぶみてるおおきなおっきなお月さん
こんなちいさなわたしをどうぞ
わすれないでください

REASON

何もする気になれない

子供のように泣けたらいいのに
なにも考えずただ泣ければいいのに
当り前のように
我慢しないで　耐えないで
泣き叫べたら
楽になれそうで

泣きたくて仕方ないのに
なぜ涙はでない
全部なくなるぐらい　泣きたい
心の中は泣いて泣いて　泣いているのに

私の涙は死んでしまったのか

'95.冬

AWAKEN

扉を閉めた部屋　今のわたしの場処
だけど此処は違う
わたしはもっと　何処か別の世界へ
違う世界へ

見上げた空は　とても青くて
嫌いだから　このままでいる

孤独だというなら　暗闇に身を任せればいい
無力だというなら　自分を許してやればいい
空も海も星も産まれたことを忘れないで
そして　いつか　きえて　無くなるでしょう

play

君が残した足跡　もう薄くなって
たくさんの知らない人が踏んで　追い抜いてゆくよ
だけどわたしは撫でているよ

明日がこなくなっても
今日があるなら　何をしよう

乞う

未だあなたを恋しがる
わたしのかけら
薄れてゆくあなたの匂い
探し出せずに
夜の冷たさの中
迷子になっている

記憶があなたを求めている
想が欲しい
それは生きている証だから
だけどあなたは
わたしの心身に
孤独を染み込ませた

あなたはわたしの人生から音もたてずに
去って逝った
戻ってきて､､､返して　わたしを

あなたと共に過ごした時間は
素晴らしかった
やさしくやさしく流れてた
わたしはあなたが
とても好きだった
大切な存在

全ては運命だとあなたは云った
わたしはあなたの人生に触れ
あなたを失うことも
あらかじめ決められていた
宿命のように　あなたは受け入れたの？

人生は夢だとあなたは云った
あなたは夢の終わりと始まりを
わたしに教えた
そしてわたしの夢は続いている

交わることのない二人の夢

あなたはわたしの愛しい人

'97.10.22

Pause

いつもの部屋で
いつもの時間
いつもの目覚め
いつもの鏡
いつものわたし

無限に流れる時間に置いていかれ
錆び付いた夢

いつもの笑顔
いつもの涙
いつもの夜明け
いつもの嘘と
いつもの想い

見飽きた世界は色が薄れて
立ち止まる夢

いつか感じた優しい空気も
冷たく凍りつき
いつか大切にしてた気持ちも
涙の海に流れ

冷たい夜風に懐かしい匂いを探す
願いを込めて
孤独に負けそうな夢を消さないで
祈りを捧げる

'97.10.23

Teenage Act

誰もがそれぞれの悩みを抱えながら　必死に過ごしてた
判り合える仲間だと　信じようと　急ぎ過ぎた
寂しさ舐め合いながら　結ばれる安らぎ求めた

誰もがそれぞれの痛みを背負いながら　必死に過ごした
ずっと今のままでいられると　信じようと　急ぎ過ぎた
虚しさ埋め合いながら　流れる時間に背を向けた

懐かしいメロディーに胸をしめつけられる　独りの夜
何故　戦うのかと悩む　永遠の夏のせい
想い出によりかかる　夢の果て　光の奥
一緒に過ごした時間は数えるほどだけど、、、

誰もがそれぞれの恋に笑いながら　必死に過ごしてた
欲望だけが確かだった　狂える世代　急ぎ過ぎた
限られた時間の中で　立ち止まらずに旅立った

懐かしいメロディーに胸をしめつけられる　錆び付く夢
なぜ追いかけようとするの　言葉をもたない風
もう声は聞こえない　熱い涙　耳をふさぐ
一緒に過ごした時間は数えるほどだけど、、、

なくした時間は取り戻せないけど　焼きついている
もういちど歩き出す　悲しみの全てにさえ　続く時間

'97.12.10

Let Way Slip

行き交う足音に呑み込まれる　叫び声
ただ時間だけが虚しく過ぎてゆく
泣き明かした夜が懐かしい

狂った欲望が通り過ぎてゆく　夜明け前
音をたてずに　崩れる　感情
震えてた夜が愛しい

生きていることの意味さえ　わからない
悪魔の囁きが　響いてる
軟弱な心　誤算に気付いても
混迷し続けるだけ
全て無意味に感じるだろう
敗北を味わいながら
未来は喪失される
逃げる術は無い

溶けられずに浮き彫られてゆく　幻へ
命断てずに　流れる血　儚く
がなりたてる太陽が憎い

生きることの有無さえ　忘れたい
天使の叫びが　こだまする
孤立する心　絶望を感じても
堕落してゆくだけ
全て無意味に消えるだろう
虚無に囲まれながら
いびつな愛は殺される
哀しみ悩んでも
逃げる術は無い

'97.12.16

Knot

目に映る全てに　怯えている
風に切り付けられる

傷付いた足で　歩こうとしても
呑み込まれる
まだ理想を追い求めようと
君はもがき続ける

君の心を無残に切り裂いて　伸ばした腕を踏みつける
君の心の奥に潜む　君によく似たそいつを振り切って
乗り越えようとしてる　その姿は　きっと美しい

憑きまとう不安に　苦しませる　残像が蘇る

欲望の中で　躍らされながら
昨日は溶ける
打ち砕かれた夢の破片
拾い集めている

君の魂を吸い取って　絶望へと追い込む
君を嘲笑う　君の邪魔をするそいつを吐き出して
君を取り戻せば　　思い通りの　君になれる

'97.12.29

IN THE SHADE

汚れた都会の空気に馴染み
アスファルトに腰を落ち着かせ
理想に心奪われて　ごまかしだけで暮らしてる

安っぽいトキメキ感じて　計算高い恋をする

縛られることを嫌い逃げ続け
いい加減なスリルと戯れる
ざわめく心に戸惑い　刺激を求めあがいてる

太陽に見下されて　リアルな迷い感じる

夕暮れ時に群れをなし　挑発的にたむろする
誰かの噂に嚙み付いて　思い出造りに励む
自由の意味が解らないまま
仕組まれた夜に飲み込まれる

判り合えない大人たちと争い
犠牲者だと思い始めながら
同じ面してかたまり　個性を隠し繰り返す

大袈裟なためいきひとつ　照らす月を睨みつける

弱みを握られないように　自分をでかくみせようと
慣れた孤独に逆らって　とどまることはできずに
許し合うこともできず
軽はずみな行為を続ける

素肌を傷付け素顔を隠し　届く夢だけ見てる

後ろを振り返る度に　無力な退屈に震える
役に立たないガラクタを　放り込んだ奴等を憎み
自分を罪深く感じ　迷い　胸を掻きむしる
影を盗み背を向けて
悩み　そして気付き始める

'97.12.30

DIVERT

涙も忘れる程　哀しみに溺れ
灰色の世界で　壁だけ見つめ過ごした
生まれてきた事の意味を探し
辿り着く筈の無い答えを求め続けた

夢見る事も忘れ　悪夢が廻る
運命を憎み　悲劇を憎み悔やんだ
現実を受け止められずに
悔しさだけが募り　震える心を責めた
もう　痛みは感じない

些細な一言に胸を傷め　怒りも無く
返す言葉も見つけられず
何度も何度も　繰り返し呟くだけ
何故？　と

自分だけが取り残された様な　孤独の闇の中
狂いそうになりながら　必死に悩んだ
悪いのは自分だと　全て自分のせいだと
ぶつけることのできない苦しみを
自分に収め　追い込んだ
他人には判るわけがないと
声にできない悲痛な叫びと苦しみを
閉じ込めようとしても
抱え切れず溢れ　成す術も無く　また同じ夜を繰り返す

愛も希望も消され　肉体だけが在る
消え欠けた灯も　ただ虚しくさせるだけ
過ぎた時間だけが寂しく残る
見上げても見下ろしても　何も見えないままで
全部嘘だと願う

何の為にさまよっているのか　理由もなく
あてもなく　ただ問いかける
心に開いた穴　これ以上は無い底で

自分だけが置いていかれた様な　暗く狭い場所で
枯れて乾いた胸の　鼓動を聞いた
全てを許し認め　自分は生きている事を
時間は流れ傷は癒えてゆくと
気付き　夢を見られる様に
信じられる勇気が欲しい
いつか今を振り返れる時がくると
いつか懐かしく思える時がくると
自分を取り戻して
苦しみ抜いた果てで輝ける　きっと愛する事ができる

'98.1.1

PUNISHMENT

わたしのあやまちは過去への復讐
背負った傷を縛り付け
自分を苦しめたこと

過ぎ去る時間を無理に止め
流れる記憶を停めたこと

わたしのあやまちは未来への拒絶
犯した罪を握り締め
痛みを閉じ込めたこと

だけどなくてはならないものは
未来ではなくて過去なのよ

心の奥底に宿る希望を摘み取り
種を毟り　枯らせては
悲嘆に暮れる毎日を
溺れる夜を過ごす為だけに生きてきた

闇を照らす月を孤独と名付け
邪魔なものは喜びと消したはずの夢

心の奥底に宿る希望を摘み取り
種を毟り　枯らせては
悲嘆に暮れる毎日を
溺れる夜を過ごす為だけに生きてきた

だけどわたしのあやまちはわたしの生きる証

'98.1.15

男と女

まったくアンタって人は　しょうがないわね
そんなに強がって　もう一度見直してみたら

ほんとにアンタって人は　わからないわね
色々しょいこんで　ほら　全部捨てちゃいなさいよ

ほっとけないアンタを連れて何処へ行くのか
たまには泣いたっていいのに

まったくアンタって人は　どうしようもない
そんなにごまかして　一体どうするつもりなの

ほっとけないアンタを連れて何処へ行くのか
たまには吐き出しちゃいなさいよ

ほんとは寂しくて仕方ないんでしょう
人恋しくてたまらないんでしょう
素直になってちゃんと伝えなさいよ
恥ずかしいことないわよ
みんなそうなのよ　寂しいのよ

'98.1.18

桔梗

寒い冬の日
公園で朝まで　喋り続けた
行くあてもなく　とめどなく
形の無いものをつかもうと
何処にあるのか

寒い冬の日
灰色の路を　夜の道を裸足で
こたえを求めて歩いた
音の無いものを見つけようと
何処にいるのか

簡単に消える　なくなる
もろいものだと知って
壊れていく
寒さのせい　夏が終わったせい

悲しさが感情の一部ならば
十字路の角の壁の傷
かたづいた後のように
忘れてゆくようになるのか

寒い冬の日
一番冷えた場所で　星を見た
回るすべりだいに乗って
その音が夜を破かないかと
朝が来て逃げた

悲しさが感情の全部になって
12月の日溜まりの中
裏側で薄れてゆく
だけど決して汚れていない

粉々に消える　なくなる
はかないものだとしても

悲しさが感情の一部ならば
十字路の角の壁の傷
かたづいた後のように
忘れてゆくようになるのか

温かい優しさのようなもの
たとえば残っていたとして
でもそれはきっと邪魔になる
開き過ぎた花のように

'98.1.27

Flay

いまだにおまえは　この街で　まだ
ありあまる未来みて　怯えてるの

思い出がこだまする　この街で
過去に変わる今日を　見過ごしてるの

おまえの記憶ほどくだらないものはないよ
どうでもいいね

ひどく打ちのめされた犬のように終わるんだ

ずっとしがみついてりゃいいよ
カビくさい匂い

このまま　この街のかたすみで
じみじみしながら　老いぼれていくの

おまえの記憶ほどつまらないものはないよ
簡単だよね

ずっとしがみついてりゃいいよ
サビの味がする

きっと本当はみんな在るはずのない楽園を求めてる

夜明けと共に　押し寄せる憂鬱？
神様は誰の手にもライフルを持たせたよ

天国なんて在りはしないんだ　この世界は嘘ばかりだ

星と共に　目立ちたがる失望？
神様は誰の心にもナイフを持たせたよ

'98.2.6

春待人

このまま唯唯諾諾で　そんなの
やっぱりできないや
誰かに許してもらうとか
認めてもらうとか
ああ　あたしはどうなの

土曜や日曜だけじゃない
誰かを愛したり　愛されたり
友だちとのくだらない会話
なくてはならないものでも
それだけじゃ　満たされないじゃない

このまま一喜一憂でいたって
そりゃあ生煮え
確かめたい？　見つけたい？
選ぶじゃなくて　探して
とどのつまり　どう？

土曜や日曜だけじゃない
母親の手料理　過去の勝利
馴染みのある場処やいい思い出も
忘れられなくて大事なことも
それだけ　物足りないでしょうに

あーあ

'98.2.7

Wish

もしものおはなしあるのなら
貴方がきっとここにいる
奇跡がもしもおきたなら
貴方がきっと抱きしめる

そんなことはないのでしょ
夢見ちゃダメよ
痛い目あう

つまらないことばっかり
良かった頃それっきり

過ぎた時間たち
やってきて
此処で待ってるの

何かのまちがいおきたなら
貴方がきっと助け出す
何処かで何かが狂ったら
貴方をきっと連れ出せる

そんなことはないのでしょ
空想おやめ
変わらないよ

くだらないことばっかり
良かった頃それっきり

過去の時間たち
先回りして
待っていてほしい

'98.2.13

8月の孤児

青い日　まだ映る　肩からの視界
幼い瞳　精一杯に　曇らせて
真上を睨んだ

黒い空　唇を　かみしめて
霞む眼差し　熱い涙を　こらえて

貴方の胸に耳をあて　時間を感じた
明日が来る前に　わたしは逃げ出そう

淡い陽に　照らされて　透けた胸
途切れた声　見えない炎に　奪われて
心が焦げた

貴方の寝顔　嫌いだよ　でも焼きついて
静まる夜更けに　重い時間に　沈む

体が震えて　吸い取られて
無くなって　蝕まれて
生あたたかい　溜め息だけ

冷たい胸に耳をあて　孤独を感じた
涙をこらえて　待つよ
貴方の寝顔　嫌いだよ　でも焼きついて
静まる夜更けに　重い時間に　沈むけど
今日が堕ろされても明日が溶けても
光になるまで走るよ

'98.2.19

Dream-hopping

知らない処へ　見つけるために
僕ら　いつまでも行くだろう
昔　流した　涙たちには
夢が潜んでた

広がる空に　まだ　迷いが揺れても
時間の谷間に落ち込んでいた日々も
出逢えた　全て　つながる
風に運ばれて巡る夢のはしご

知らない世界に　ためらうことも
僕ら　どこまでも　行くだろう
昔　争った　傷たちには
夢が笑ってた

曇りガラスに　また　にごる道標
強い思い入れに行き過ぎた日でも
きっと　会える　全て　広がる
音に導かれ回る夢のはしご

歩きなれた路に　動かないポストに
思うより強く　さよならを

'98.2.19

告別

眠りに向かう　揺られる棺
震える脈　半分の感情
現実的な宿命

とり残されて

溢れる涙　泣き叫ぶ声
消えた炎　込み上げる後悔
絶対的な運命

とり残されて

死ぬよりも辛い
生きていることの酷さ
燃える花　灰になる
居場所のない想い

やり場のない理想
追えない無念
蝋燭に散る花粉
重なる叫び

むらさき色　硬く冷たい
憶う気持ち　失い暴かれる
死線の日々　続く時間

'98.2.20

子供部屋

この狭い家の中に
隠された部屋がある気がしてならない
こどもの頃から　ずっとそう思ってた

1階建のこの家の
1番奥には階段があって
こどもの頃から　ずっとそう感じてた

あたしにしか見えない扉があって
そこを開ければ
失した昔のおもちゃや探してた物が
いっぱいつまった部屋がある

この狭い家の中に
隠された部屋がある気がしてならない
こどもの頃から　ずっとそう思ってた

1階建のこの家の
1番奥には階段があって
こどもの頃から　ずっとそう感じてた

あたしにしか見えない扉があって
そこへ入れば
落としてきた物や涙が詰まったビンが
ちらかった部屋がある

'98.2.22

SLEEPER

想像力豊かなあたしは
52階建のビルの屋上から
飛び降りることばかり考えてる

みんな本当のことは隠してるから
無機質な部屋に映えるハデな柄のシャツを着て賭けをしよう
きっと空には切れ目があるからリセットしよう

眠ってしまったら死ぬかもしれない
もう2度とマンホールの蓋をあけてみたいとは思わないかもしれないから
見せかけの夜に連れ去られよう

最上階に竦む足の
気急い自殺志願者の一員に
イカロスを馬鹿にすることができるか

スクリームのシャワーが虹を造るから
最後の13段目に飛び乗って9色だって言ってやろう
再び旅立つ彼　友だちは向う側

朝　目が覚める約束などない
故郷に戻ってウエイトレスなんてやる気はないから
行き先知れずのまま
今日か明日か廃墟に誘われよう

'98.2.22

捻れた17

その年の終戦記念日の午後
排気ガスで育てられた兎が死んだ
薔薇の花びらをちぎって土の中に埋めよう

バタフライナイフで遊ぶよりペンを握ってぶちまけたい

安楽死を強く願うあたしはバイオリン弾きになりたい
助手席で目を覚ましたとき
運転手の男の子を好きになるような何だかホッとする気持ちに飢えている

コレクターになりたいな

友だちとチキンを食べていたとき
可愛がっていたあたしの兎は死んだ
水をあげなくちゃ　水をのまなきゃいけない

黒い髪を結んだポニーテイルより赤い色がいい

オアシスを突き刺すより不眠症になって歌を唄いたい
神経質な父親に礼を言って
ひっかいている間隔の中にピアノの音色を見つけるような喜びがほしい

コレクターになりたい

8畳の部屋がもっと広く見えた
おもちゃの日本刀で遊んでた頃を思い出してごらん
うちに寄りついたよその家の猫が
浮き輪に穴を開けた夜の出来事を思い出してごらん

'98.2.23

HEAVEN

今夜眠ってるものを呼び起こして
立入禁止区域でコッソリやろう

染み付いたOILの匂い

ダンスフロアで曲がった８月のサングラス
大切なチケットをなくしてしまったのは
髪の毛が黒いから　黒くしてしまったから

３年前の時計を狂わして
賞味期限切れの確信犯

鉄の塊のぬくもり

天国行きの生ぬるいモスコミュール
大事な鍵を他人に預けてしまったから
タバコの煙と汚れた白いワンピース

'98.2.26

TAPESTRY

さよならが言えないから　もう少し見つめてみた
太陽が燃え尽きるまで　この痛み続くのなら
最後まで忘れないように　肌に刻み込もう

あの頃の時間は過ぎ去って　新しい季節を過ごしてるけど
いつでも浮かんでくる　想いにしがみついてるうちに
涙の流し方も　行き先も忘れた

本当の気持ちなんて自分にだってわかりはしない
長すぎた季節に　迷い見失っても
歩き続けた日々がいつか実を結ぶ
大切なものは　何処に行っても
鳴り続ける音に乗って　いつまでも聞こえる

さよならが言えないなら　もう一度思い出して
月影に辿り着くまで　この傷を抱きしめて
どこまでも追い求める翼に　織り込もう

'98.3.5

旅路

教会までの道　石畳数えて
鐘の音　聞こえても　重い扉　開くことはない

花をちぎって胸にさした

凍える春の夜　夜景を見下ろして
トンネルの冷たさも　膚で感じない

人目に晒される花は　皆美しく　風に揺られて
語ることもなく　何処にも行かず

'98.3.31

Lives Are Lost

幼い涙の乾いた頬を拭いきれずに
静まった時間を布団の中で
罪を犯して眼を開ける日々

言えない言葉　かけ方の分からない電話のような
繋がらない気持ちが
死んだはずなのに　躍らされている

奇跡が起きるまで待ち続けてるだけなのかもしれない
終わらない世界を探してるのに

出逢えたことだけでも奇跡だと
思い出だけで生きて行ける訳もなく
代わりになるようなものはなく

傷の無い左手頸と酸素の足りない脚に
埃を被った壊れた時計で
逃げまどうも走れない道

声にならない　喉笛が震える血のにじむような
伝わらない鼓動が
砂になったのに
重く寄りかかる

来るはずのない人を待ち続けてるだけなのかもしれない
新しい命を求めてるのに

偶然を運命に置き換えても
遡る記憶は奇麗にごまかされ
明滅する失った時代

さらわれてゆく　心と重なることもできぬまま
忘れかけた何かが
闇の奥底に
描いた偽り

奇跡が起きるまで待ち続けてるだけなのかもしれない
痛みも嘆きも忘れたくないのに

出逢えたことだけでも奇跡だと
思い出だけで生きて行ける訳はなく
代わりになるようなものはなく

事実を嘘だと思い込んでも
止まる時間と交錯する記憶よ
檻の中で殺しあえばいい

'98.3.24

DisCover

この胸に　怯える物語　生まれ続ける　想いだけ
限りなく　支えきれず泣いた　囁く祈り　溺れても
変わらずに　遠ざかる君に　歌い続ける　どんな時も
この胸に　濡れた君の記憶　写真を見つめ　血塗れに

抱きしめた　笑顔も憂鬱も　君の面影　壊せない
消し去りたい　言葉の魔法に　歪む思い出　映るまで
戸惑いに　たとえ何もかもが　永い闇夜に　紛れても
守りたい　時を刻んだ歌　追いかけて　呼び戻す

disappear　強く描く夢は散る灰のよう
disability　君を覆う曇りを　取り除くことが　出来たなら

消えるまで　幻覚の瞳が　聞こえてこない　君の声
塞がれた　真夜中の吐息に　舐め回されて　届かない
狂うまで　蠢く絶望が　繋ぎ止めてる　明日の夢
毟られて　忘れかけた痛み　願いは消えず　閉じ込めて

抱きしめた　孤独も太陽も　君の見る夢　奪えない
幾つもの　涙の裏側の　弾かれた声　切り取って
溢れてく　願いを残して　暗い迷路に　忍び込む
信じたい　渦巻く妄想に　いつもの日も　運ばれて

disappear　強く描く夢は散る灰のよう
disability　君を覆う曇りを　取り除くことが　出来たなら
　　　　　　　　　　　　　　見つけられるのに

'98.3.26

GOOD-BYE

失う季節からこぼれだす戸惑い
映し出される光の影　思い出に縛られないで
全てを忘れるぐらい

さらわれた遠い日々　続く永い夜
途切れない時間を運んで　記憶に惑わされないで
全てを忘れるぐらい

さまよう心に色をつけよう

いつまでも迷路の中で夢を憶うのは
闇に挟まれて出口が見えなくても
恐くても眩しくても選び抜いて歩き出す力が欲しいから

あの雲の中へ　まだ見えぬいつか往き着く場処へ
悲しみの色がわかるまで

つきぬけた気持ち空を染めるぐらい
何もかも捨ててしまおう　穏やかに手招きしてる
夢を探しに広がる

揺れる道に光を灯そう

どこまでも深い森は淡い色だろう
ゆっくりとさしのべる手が触れ合うとき
包まれて芽生えてゆく小さな花が咲き誇るその時まで

あの雲の中へ　まだ見えぬいつか往き着く場処へ
悲しみの色がわかるまで
また巡るいつか再び出逢う　君の夢も
できるなら守れるほどに

'98.4.21

ALL IS NOT LOST

なぜ　空よ　燃えていた
悲しみに濡れているのに

そう　やまない涙が
虚しさに溺れても
ひとすじの光に導かれ

奏でる唄声　褪せることはない

時は止まらない　変わり続ける世界に
響く音はいつまでも厳しく力強い

まだ　溢れる　涙も
いつか　飛び立つ日まで
歩き続ける力になる

聞こえる音色　途切れることはない

時は止まらない　変わっていく自分も
広がる音に優しく支えられて

永い闇夜に　よみがえる場面
夢は終わらない
独り震える姿　汚れなく
夢は終わらない

ALL IS NOT LOST　変わらなく輝く
　　　　　　　　瞳に映らない
　　　　　　　　痛みは待っている

眠れぬ夜の幾つもの影
望みをもたらす
重ねてゆく出逢いと別れも
明日へ続く道

ALL IS NOT LOST　揺るぎなく瞬く
　　　　　　　　光を絶やさない
　　　　　　　　心はいつの日か
鳴り続ける音と共に　いつまでも

ALL IS NOT LOST　夢の続きを見る
　　　　　　　　夢は終わらない
逢いたいから　いつの日も

ALL IS NOT LOST　永遠の道標
　　　　　　　　夢の続きを

'98.6.12

走る

壊れかけていた
雨雲に犯されて
海へ逃げたの
叶わないことなどありはしない？
そうね　ばかげてる

逃げ惑いながら
胸の刺逆撫でて
種を盗んだの
失うものなどありはしない？
そうね　ばかげてる

ほら　此処は広がるでしょう
だから夢も見ずに枕に沈んで眠りなさい

赤く濡れた手を差しのべて
腫れた実を握り潰して
身体ごと壊していいの
もう探さないで

狂い咲きながら
風を煽りながら
髪を切ったの
叶わないものなどありはしない？
そうね　ばかげてる

だけど此処は奇麗でしょう
だから呼吸もせずに静かに堕ちて眠りなさい

遠くで呼んでいる気がするわ
大きな爪に掴まれて
鱗につかまって行くわ
もう探さないで

'98.8.27

ROUND

見過ごしてきた現在を超えて
朝を待たずに飛べたなら
たとえ誰かを絶望に追い込んでも
全てのものは繋がって
たとえ許されぬ過ちの夢だとしても
虹は空に架かるだろう

五月雨に濡れた頬が乾く頃
まだ芽は生きて大地にその根を張らすだろう

散り土に還る花だとしても
咲き乱れることは止むことなく舞うだろう

その瞳がもどかしさを増すならば
壊れる程焼きつけて
ただ灰になるまで抱き続けようか

鳴り止まぬ嵐と共に
その手を放し西の彼方
新しい景色広がり空へと伸びてゆく
眠れぬ夜の影に望みをもたらし
雲は空を泳ぐだろう

蝉の声も遠ざかる夕暮れ
また新たな始まりとなり絶えることはなく

降り積もり消える結晶さえ
大地を潤しその息を届かすだろう

この身体が信じられぬと泣くならば
突き進む時を隔て
ただ灰になるまで染み込ませようか

絡まり馳せる想いも
傷痕ににじませて毟り
何処までも昇りゆく螺旋階段のように
ひとつまたひとつ近付く
その眠れる森を抜けこの彼方を巡り
星は永遠となる

'98.10.12

SunStroke

夕陽に残る涼しく当たる風
髪を靡かせて唇に絡ませる
かじかむ指先を痛んだ耳たぶに触れさせて
紅く腫れる響く鼓動

祭りの音にはしゃぐ子供の揺れ弾む体は映らずに
地に散る残骸の虚しさよ
若葉の季節は通り過ぎ

貴方をさらう時は途方に暮れて
何処か振り返りながら
貴方を奪う術は失われ
過去の扉は押し流されて
わたしは貴方を探し彷徨う

朝もやは陽の照らしに誘われて
夜明けと並び　数える季節を告げ去る
五月晴れはひどく壊せぬ頭にのしかかり
細く永く路を塞ぐ

失した時に手頸を見つめ　花咲かぬ灰となるか
浮かぶくらげに浮かばぬ笑みよ
新緑萌えるは見ぬままに

貴方は見えない永遠追いかけて
わたしは真実に怯え
貴方は美しく囲まれて
わたしは永遠を詰めて
鍵をかけてはドアをこじあける

貴方をさらう時は途方に暮れて
何処か振り返りながら
貴方を奪う術は失われ
過去の扉は押し流されて
わたしは貴方を探し彷徨う

貴方は見えない永遠追いかけて
わたしは真実に怯え
貴方は美しく囲まれて
わたしは永遠を詰めて
鍵をかけてはドアをこじあける

'98.10.18

Salvation by Faith

大きな路を挟んで止まってる
踏み出すことが出来ずに過ぎて
だれか背中を押して
轢れてちぎれてもいいから

たとえ脚がなくなって
ひとりで立てなくなっても
流れる血は空を見るでしょう

天使はいます
殺した声はきらきら光り
跪くことはないでしょう
羊を数えたけどお菓子は<u>盗</u>まれたわ

賛美歌を謡ってた頃はまだ
存在も分からずに求めてた
残酷につまずいて
それはもしもの神様足蹴りに

たとえ腕がなくなって
何も掴めなくなっても
傷口は嘘をつかないでしょう

こじ開けられた花弁も
だれかのおかげにも
受け止めずも光を浴びるでしょう

天使はきます
折れた翼は空へ還り
星屑もいつかはチリとなり
だけど涙は光となり願いを叶えるの

だから　お願い
だれか　わたしを突き飛ばして
それもできないなら　わたしをずっと縛り続けて

'98.10.31

full moon

にじむ星　おいかけて行けたら
どこまでも行けたなら
可哀相なつぼみはポケットにつめて
明日をも捨てて走ろう

大きな大きな太陽は
何処までも照らして
僕の心にも光を刺すけれど
まだ何も見あたらない

ただつなぎとめる夢だけが
悲しげにほほえむこと
知ってるのに見ないのは
自信がないから？

この星の土のぬくもりが
せめて触れられるもの
ずっとじっと雲だけ見つめても
何も落ちてきやしない

この道の果てにある天の世界
舞い散る羽根が踊る
愛の痛みはおいかける
あの日の月のよう

'98.10.26

恐縮ですが切手を貼ってお出しください

1 6 0 - 0 0 2 2

東京都新宿区
新宿 1 – 10 – 1

（株）文芸社

　　　　　　ご愛読者カード係行

書　名			
お買上 書店名	都道　　　　市区 府県　　　　郡		書店
ふりがな お名前		明治 大正 昭和	年生　　歳
ふりがな ご住所	☐☐☐☐☐☐☐		性別 男・女
お電話 番　号	（ブックサービスの際、必要）	ご職業	
お買い求めの動機 1. 書店店頭で見て　　2. 小社の目録を見て　　3. 人にすすめられて 4. 新聞広告、雑誌記事、書評を見て（新聞、雑誌名　　　　　　　　）			
上の質問に 1. と答えられた方の直接的な動機 1. タイトルにひかれた　2. 著者　3. 目次　4. カバーデザイン　5. 帯　6. その他			
ご講読新聞　　　　　　　　　　新聞		ご講読雑誌	

文芸社の本をお買い求めいただきありがとうございます。
この愛読者カードは今後の小社出版の企画およびイベント等の資料として役立たせていただきます。

本書についてのご意見、ご感想をお聞かせ下さい。
① 内容について

② カバー、タイトル、編集について

今後、出版する上でとりあげてほしいテーマを挙げて下さい。

最近読んでおもしろかった本をお聞かせ下さい。

お客様の研究成果やお考えを出版してみたいというお気持ちはありますか。
　　ある　　　　　ない　　　内容・テーマ（　　　　　　　　　　　　　　）

「ある」場合、小社の担当者から出版のご案内が必要ですか。
　　　　　　　　　　　　希望する　　　　　希望しない

ご協力ありがとうございました。

〈ブックサービスのご案内〉
小社では、書籍の直接販売を料金着払いの宅急便サービスにて承っております。ご購入希望がございましたら下の欄に書名と冊数をお書きの上ご返送下さい。（送料1回380円）

ご注文書名	冊数	ご注文書名	冊数
	冊		冊
	冊		冊

吾亦紅

誰もが哀しみを背負って生きるなら
辛い過去がなくては生きられないなら
わたしはその罪になりましょう

地を這う人の足に敷かれて
罰を受けましょう

だけどそれでもわたしじゃない
誰かを愛するのね

そうよ　わたしが眠ればいいのね

だけどわたしは挫けることはなく
たとえ愛する物や人が何ひとつ
わたしの周りからなくなっても
わたしはわたしを愛して生きるから

そうね　次は花になって産まれたい

誰も喜びがないと生きられないなら
忘れるのは早く何かを待っているのなら
わたしは道端に咲く小さな花になりましょう

'98.12.30

熱

貴方が痛くて　痛くて
耳に穴を開けたの
赤く腫れる響きを胸に刺して
刻んだの

なのに空は明るくて
太陽は燃えて焦がすほどわたしを睨みつけたの

ママは言ったわ
私が悲しいと
いいえ　わたしは生きてるの

もしもわたしがもっと早く
わたしに従っていたなら
貴方に会えたかしら

わたしのナイフで刺したの
胸を切りつけたの
わたしの中を流れる血を痛みで染めたの

それはわたしから出ないよう
傷痕を付けずに閉じ込めて
体の中で生きるよ

パパは言ったわ
私は弱いと
いいえ　わたしは生きてるの

もしも天使が居眠りしていたら
貴方は此処に居たかしら
わたしを守るのはわたしの痛み

'98.12.30

healer

君の心に　少しだけ
ほんの少しのわたしの傷をいれてくれる？

小さなときめきなんかも混ぜてくれる？

ある日　きっと　汗ばんだ掌を開けば
種があって　そしてきまぐれに土に
還してくれたなら　花が咲くでしょう

海に眠る小さな砂のような種にも　つぼみを開くことができるかしらね

森や砂漠の自由がわたしの心を無にしてくれて
湧き出る泉のように叫べたら
きれいな涙は溢れてくるかしら？
忘れた記憶も悔やまずに　何も持たずに
身体は走るかしら？

ねえ　星や太陽は燃えてるって本当？
わたしも燃えることができるかしら

君の心に　少しだけ
ほんの少しのわたしの傷をいれてくれる？

'98.12.31

消えて

もう涙なんていらないの
わたしはもう泣いたりしない
だからわたしに謝って

誰の為に流したかなんて
どうでもいいの
もう泣かない
だからわたしに謝って

気持ちが悪いのよ
あなたの為におかしくなるなんて
あなたのせいだなんて思うのは
嫌いなのよ

許せなくて切れなくて泣いて
憎しみだけなら
ほら　気がすんだでしょう

見える傷をつけて
ナイフでも持ってきてわたしを切りつけて
わたしが刺してもいいわ
そうして　血を見るのよ

傷が閉じればまた歩けるのよ
もう二度とあなたの顔なんて見たくないけどね

あなたはいらない
わたしはあなたの生き物じゃない
わたしが邪魔なんでしょう　だけど
あなたの為におかしくなるなんて
あなたのせいだなんて思うのは
嫌いなのよ

'99.2.21

生活

咲き誇る花が舞い踊る
空想の世界は楽で

首までどっぷり浸かっていた
空想の世界は楽で

ほどけた糸を辿れば
憎らしいだけ　重ねた嘘

過ちを犯した？　それは罪？
逃げられない世界で生きるなら
眠り続けたい

永遠なんてものはないなら
わたしの見るものだけでいい

形のない自由を
追いかけるなら　死んで構わない

わたしがつくるから　壊して
吐いた嘘は真実に変えるから
生きていくしか

わたしの言葉を舐め回して
嘲るのもいいわ　生きるのに　価値なんて
なくていい
逃げられない世界で生きているなら
眠り続けたい
衝いた嘘は真実に変えるから
生きていくしかできない

'99.2.21

GOD

わたしのこの想いには
その世界の心地好さも負けるでしょう
だから　はやく戻ってきなさい

その手頸を切り落として
なくしてやりたいわ

あなたでもミスは犯すのよ
だからはやくわたしのもとへ還してよ

額を擦らせて悔やんで
わたしの脚にしがみついて縋って
悔やんで泣き叫んで
それでも許さないわよ

わたしの胸に刺さった刃を抜いて
わたしの血に溺れてもがき苦しむがいい

わたしのこの想いには
その世界のこどもたちも怯えるでしょう
だから　はやく戻っていらっしゃい

湿った檻に閉じ込めて飢えさせてやりたいわ

あなたでもミスは犯すのよ
だからはやくかえしてよ

'99.3.15

百日草

あの日　君があんな事になったこと等知らずに
元気ですか？　と問い掛けた私が今わたしに同じ言葉を繰り返す

冷たい床に寝そべって　電話を転がしながら　待っていた
君の声を思い浮かべて　だけどそこには純粋な気持ち以外の欲望も有り
それによって後々自身を苦しめるはめになるとは気付かずに
夏の終わりの白昼夢

歩き出した想いが叶わぬ夢になること等知らずに
弄んだ君の言葉に悔やめどやり直せないことが出来ないことは知っている

外の気温を無視したかの様な冷え切った室内で　喚いて
君の頬を強く撲っても　そこに君の応えは在らず宙に吸い取られる言葉だけ
それも又他の誰かに傷を付け　唯　私の体　或るのみに
季節へとなだれ込む

あの日　君が涙を流したことすら知らずに
君が居なくても私が居ても月は薄まり太陽は昇り続いてしまう

晒されるわたしが君を守ろうとする事等
自己満足の為だと言われても
未だ君をわたしに縛り付けておく事が
ただの我儘だと認めたとしても
君を糧にして生きるわたしを許してくれなくても
それを愛と呼べなくても
私が生きているのです

あの日　君があんな事になったこと等知らずに
元気ですか？　と問い掛けた私が今わたしに同じ言葉を繰り返す

歩き出した想いが叶わぬ夢になること等知らずに
弄んだ君の言葉に悔やめどやり直せないことが出来ないことは知っている

あの日　君が涙を流したことすら知らずに
君が居なくても私が居ても月は薄まり太陽は昇り続いてしまう

'99.3.17

HEREAFTER

これからも　これから先も　わたしは涙を流すでしょう
音をたてずに　静かに頬をつたい　落ちて消えるでしょう

照りつけるお陽様にも気付かないほど
地に足をつけてはしゃいでた
ごまかしでもなく　幻でもなく
確かにあの夏は居た

突き抜けた青空にも憎むことなく
胸を弾ませて陽射しを受けていた
生ぬるいわたしが吐いた息は
誰かの息と混じった

これからも　これから先も　わたしは涙を流すでしょう
音をたてずに　静かに頬をつたい　落ちて消えるでしょう

明日がどうなるかなんて迷うことなく
体は触れて声は届いてた
泣き叫ぶ声と冷たい風が
静かに夏ごと持ち逃げした

季節は同じ空と大地に生まれた新しいわたしを
置き去りにして移ろうことなく時を刻んだ

もう二度と　泣くことなんて　ありはしないと思っていたけど
声をつまらせて　よみがえる情景に　まだ切なくなる

おわらない　世界には　涙は枯れることなく流れ出ていく
渇いた胸を　潤して　隙間を縫うように洗ってくれる

'99.3.19

白河夜船

春は柔らかくて　切なく
屈託のない陽射しが痛い

春よ来ないでおくれ

夏はしっかりと刻み　重い
歪む空気に焦がされる

夏よ一度だけでいいのよ

消えてなくなれ

秋はしっとりと刺さり　冷たい
その風に心まで荒む

秋よ此処から去って

冬は時折春めく自惚れに
焦らせて邪魔をする

冬よ何も告げないで

時よ瞬間を忘れないで

星よそのまま笑っていて

月よずっと孤独でいて

太陽よ早く燃え尽きて

消えてなくなれ

君が想像するよりわたしは悲しい

時よ瞬間を忘れないで

'99.3.21

GET OVER

今を時間は静かに過去に変えてしまう
音をたてずに進む

変わりたくて変われなくて
恐くて　今日も繰り返してる
本当にしたいことをせずに
ただ日々をつないで埋もれて
何かを待っている

移ろい迷う心だけど
今はその自分の気持ちだけが確かで
精一杯自分を信じて張り裂けそうな
想いを抱えて歩いてる

壊したくて守りたくて
歪んで　だけど明日に夢みてる
自分が良いと思えるだけ
走ってみたら最期まで
信じ続けられる

寂しさごまかしていても
愛を求めて膝を抱えて泣いた
どれだけ失してきたの？　探し続けてきたの？
きっと傷は与えてくれる

理由のない虚しさも
消えてしまったことの無念もみんな
何にも代えられない　だからまけない　強く
感じる記憶に伝ってくる

空は高くて眩しくて
だけどそこには大切な笑顔があるから
空に手は届かなくても大地に触れて立っている
また歩き出せる

今　時間は静かに未来へと進んでゆく
これからも生きていく

'99.5.18

Last Moment

世界がいつか終わるなら
わたしが死ぬより先に消えるなら
浜辺に座って眺めましょう

そのとき君に何を話そう
笑顔で元気よ、と？
いいえ　きっと　殴りつけてやりたい

だけど心は鼓動を高めて
涙をこぼし　君を抱きしめる

君さえいなければ
こんなにも時間は長くなかった
君を追い越して歩くなんて
もっと壊れればよかった
音を聴けない耳を持って

全てがいつか消えるなら
わたしが砂になるより早いなら
ベトつく肌で眺めましょう

そのときわたしの声は言う
逢いたかった、と…
いいえ　きっと　忘れてしまっている

だけど記憶は音をたてて
甦り　君を抱き寄せる

君に会わなければ
いま　わたしを造った部分は無かった
君を踏み台にするなんて
もっと壊れればよかった
色を知らない目を持って

雨がやんだなら
ふさぐ手のばして覆う指ひろげて
鳴り響く鮮やかな世界から
きっと君を見つけ出す
生きていたよ

'99.5.23

Little Rebirth

きっと　どうしたって生きていくしかない
痛みも判ったけど　どうしてこんなに脆いのだろう
あとどれだけ　こうしてるのだろう
どれだけ泣いたら涙は失くなるのだろう

自分を嫌いではないけれど殺すことばかり考えていた
ただ深く眠り　眠り続けて目が覚めたらごまかせると思ってた
甘い選択から産まれたのは　変わらない惨めさと与えた苦しみ
それでも与えられたいと望む図々しさ

つまらない自分に負けたこれから
何を求めて歩き笑おうか
何か生み出すことが出来るだろうか

きっと　どうしたって生きていくしかない
痛みも判ったけど　どうしてこんなに脆いのだろう
あとどれだけ　こうしてるのだろう
どれだけ泣いたら涙は無くなるのだろう

生きていたいのか生かされてるのか　進む時間に押されて
ただ何か伝えたかった気がするけどそれすら判らなくなって
過ちなのかも判らずもう過去の事となってしまう　些細なこと
それでもときに　前を向いているのは何故だろう

'99.7.24

水槽

小さなわたしは　弱さを見せない
弱さを隠しもってるから　届かない
誰かに優しくしてもらいたかったんだよね
辛かったんだねって言われたい？
でもその先が見えなすぎてこわいです

水に包まれて　夜を泳いで　眠りの中へ
今日もあなたに逢えますようにと祈りを込めて

あなたの懺悔をわたしの罰にします
守られる衷情を痛く思うから
思い出はわたしを忘れずにそのままで
あなたはどうか早くわたしを忘れて

水に包まれて　夜を泳いで　眠りの中へ
今日こそあなたに逢えますようにと願いを捧げて

箱庭の世界から　碧空　仰いでる
流星はわたしのてのひらに　落ちてきて
月はわたしの胸の隙間に　迷い込んで
そうして小さな光を置いて行って

'99.9.4

RED

たとえば　地球が滅びるぐらいの出来事が起きたとして
その犠牲者が世界中でたったひとり　あたしだったとして
唯一助かったのがただひとり　あたしだったとして
どっちにしたって　あたしにはおなじ

たとえば　時間を自由に操る術を手に入れたとして
良かった頃なんて思える時代に戻ったとして
煩わしいことすっとばして3年後ぐらいに行ったとして
どっちにしたって　うまくいきっこない

'00.2.7

I HATE SUMMER

ねっとり体に教えるの
気温はどんどん上昇して蝉はうるさい
涼しい風に救われて横になるけど
ジリジリと迫ってくるの

やるせない感情が"想い出と語り明かそう"なんて
あたしを誘うの
誰か奪って逃げて壊してよ

小さな命を奪う程
熱さは増し続けて吐く息すら邪魔で
リキュールに助けられてうつぶすけど
ジリジリと呑み込むの

凍てつく感情が"過去を並べ替えて遊ぼう"なんて
あたしを誘うの
だれか慎重にぶっ潰してよ

皺の足りない脳が破壊するほど
高揚感やら上向き加減が殺到して
壁に挟まれて天井を仰ぐけど
ジリジリと焦らせるの

曖昧な記憶が"幼いあたし"をはしゃがせようと
あたしを弄ぶの
だれか奇麗に無くしてよ

'00.6.9

むらさき

あおい空も雲も横切る鳥も淋しそうで
でも帰っていく
帰る場処があるから

沈む太陽も光る月も星も切なそうで
でも帰っていく
帰る場処があるから

そして陽はまた照らし星は瞬き
風は吹いていく

そこにいるから　そこにあったから
居るべき処と帰る処があるから繰り返される

此処に居ていいの？
また来ていいの？
何処へ向かうの？

曇り空も雨も鳴く蛙も痛々しく
でも眠りに就く
許されているから

海から覗いた太陽も薄まる月も哀しげで
でもまたやってくる
それが使命だから

そしてまた死んで産まれる
風は通り抜ける

そこにいるから　そこにいたから
過去と現在があるから時間が流れる

此処に居ていいの？
また来ていいの？
何処に進めばいいの？

'00.6.9

裸

温もり　優しさ　同調

湧き出る自然の川のように流れ泉となれ

虚しさ　寂しさ　同情

倒れる樹木のようにうなだれ絶えろ

笑顔　思い出　共感

姿を変える月のように固まり輝け

涙　想像　未来

瞬き流れる星のように閃け

うわべ　仮面　逃亡

灰と煙のようにまかれ失せろ

水　酸素　孤独　愛情

美しい音色に乗って注がれて

'00.10.15

Birthday Cake

タイムマシーンがほしいなんてさ
お別れのサボテンひとつ死んで
絵のあたし白い歯みせてる

形がなくて曖昧なのに
思い出って時々歯ぎしりする

さよならすると涙するものなのでしょうか
失うって恐い寂しいものなのでしょうか
別れって辛い苦しいものなのでしょうか

タイムマシーンがあったらなんて
桜色した口紅は折れて
黒い髪の毛先たち嘆いている

さよならすると涙するものなのでしょうか
失うって恐い寂しいものなのでしょうか
別れって辛い苦しいものなのでしょうか

'00.11.3

Never Knows

人が生きるって限りある時間の中で出口を知らされず現在(いま)を歩いてんだ
人ってさみしがりやで愛なんてヤツを求めて彷徨ってんだ
群れたり独りになったりしてベラベラ喋って暇潰してんだ

後悔はしないようにってそりゃ無理な話ってばよ
選ばなかった道を欲して悔やんで振り返りの繰り返し

口笛でも吹きながらフラフラ呑気にいきたいもんだ
あいにく外は風　社会の荒波のる気はないね

人が生きるって限りある時間の中で出口を知らされず現在を歩いてんだ
人って甘えんぼで夢ってヤツを見ていたくて抱いて迷ってんだ
濡れたり渇いたりムラムラ遊んで暇潰してんだ

願いよ叶いますようにってそりゃ簡単にはいかね
みすごした角を探して惜しんで首振りのうなだれ頭

ガムでも膨らましながらプラプラ気軽にいきたいもんだ
あいにく焦ってばっかで空回り　時間はすぎてく

'00.11.3

うさぎ

ひとりぼっちじゃ淋しくて

家族が居たって
親友と呼べる他人が居たって
恋人と呼べる他人が居たって
みんなひとりぼっち
あたしはひとりぼっち

'00.11.12

パラダイス

人って誰しも孤独と闘ってる
時に友人と呼べる他人に頼ったりしながら

所詮はこんなもんだ
火の粉がかかりゃ逃げる

人って誰もが孤独に遭う
時に家族と呼べる他人に甘えたりしながら

所詮はこんなもんだ
世の中金が全てだ

人って誰もが孤独から逃げてる
時に恋人と呼べる他人にすがりながら

所詮はこんなもんだ
人間自分が一番かわいい

'00.11.12

腐敗

いったい今まで何度言われただろう
数えきれない程　幾人もの他人から
大嫌いな言葉を
「強くなれ」と

他人に心を開くことってのは
どれだけたやすくて
どれだけしっぺがえしが襲ってくることか

何度同じ過ちを犯し続けてきただろう
その度に孤独感に打ちのめされ
わたしを忘れてほしいと幾度願っただろう

いったいどれだけ浴びせられただろう
数え切れないほど　幾人もの他人から
大嫌いな言葉を
「おまえは弱い」と

他人に傷を見せることってのが
どれだけ恐くて
どれだけ報いや支えが得られることか

何度同じ間違いを繰り返し続けてきただろう
その度に孤独を味遭わされ
わたしを殺してほしいと幾度願っただろう
わたしを愛してほしいと願い続けてきただろう

'00.11.12

WISH UPON A STAR

寂しい寂しいと嘆いてきたけれど、
それは寂しいって感情を持ってるからで
ほんの一瞬でも満たされたりした過去があって
自分の時間を過ごせるってことでもあって
寂しさに乗り越える力持ってるってこと

記憶がイマをどんどん育んで変わってゆく

大人になったら忘れてしまうのかな
ああ いつの間にか大人になってしまったから
僕の中の君、君の中の君、僕のイマを君のイマを忘れないで
この目で何を見つけた？ 見いだした？ 見てきた？
この手で何を捨てた？ 掴んだ？ 奪った？
10年後まであと４年
楽しいとき楽しいと感じて笑えるように
悲しいとき悲しいと感じて泣けるように

嫌い嫌いと拒んでばかりいたってなんにも始まらないよ
脳ミソは頑張ってるよ
だから好きなもの大切にして立ち向かう強さを身につけよう
僕と君を癒してくれた花は自分の存在価値や色や場処を知らないよ

僕も君もひっそり誰かのために何かのために

大人になったら捨ててしまうのかな
ああ　いつからか明日が来るのが当り前で見えていて
僕の中の君、君の中の君、僕のイマを君のイマを忘れないで
この耳で何を聴いた？　覚えた？　聞こえた？
この手で何を拾った？　掲げた？　隠した？
10年後まであと4年
どんな出来事待ってんの？　その先はどうなんの？
君を誇れるように、僕を頼れるように

身勝手な欲張りはもうしないよ　言い訳もやめるよ
ただひとつ　この身ひとつ　力強く精一杯イマを生きるよ

THANKS TO

TAKASHI ENDOU
MAKOTO OSUMI, AKIRA MORIMOTO
MY FAMILY, ALL MY FRIENDS AND YOU

著者プロフィール

波田野　聖子（はたの　せいこ）

黒い果実

2002年3月15日　初版第1刷発行

著　　者　　波田野　聖子
発 行 者　　瓜谷綱延
発 行 所　　株式会社 文芸社
　　　　　　〒160-0022　東京都新宿区新宿1-10-1
　　　　　　　　　　　電話 03-5369-3060（代表）
　　　　　　　　　　　　　 03-5369-2299（営業）
　　　　　　　　　　　振替 00190-8-728265

印 刷 所　　株式会社 フクイン

©Seiko Hatano 2002 Printed in Japan
乱丁・落丁本はお取り替えいたします。
ISBN4-8355-3412-3 C0092